Palabras que debemos aprender antes de leer

abrió

alguien

entusiasmada

muñecas

octava

pensó

repisa

ropas

www.rourkepublishing.com

Edición: Luana K. Mitten
Ilustración: Anita DuFalla
Composición y dirección de arte: Renee Brady
Traducción: Danay Rodríguez
Adaptación, edición y producción de la versión en español de Cambridge BrickHouse, Inc.

ISBN 978-1-61810-521-9 (Soft cover - Spanish)

Rourke Publishing
Printed in the United States of America,
North Mankato, Minnesota

www.rourkepublishing.com - rourke@rourkepublishing.com
Post Office Box 643328 Vero Beach, Florida 32964

El mejor cumpleaños

Jo Cleland
ilustrado por Anita DuFalla

4

Maya estaba
entusiasmada.
Era el día de su
cumpleaños.

Maya miró las siete
muñecas de su repisa.

"Hoy van a ser ocho", pensó.

Pero cuando buscó sus regalos, no vio el de Abuelita.

Mamá y Papá

Hermanita

Maya abrió una caja de artesanías de Susy, un juego de Guille y ropas de Mamá y Papá. Sonrió y les dijo:
—¡Gracias!

—¿Hay algún regalo de
Abuelita? —preguntó Maya
al rato.

—Quizás tu abuelita piensa que estás muy grande para jugar con muñecas —le dijo Guille.

—Vamos. Tu papá nos está
esperando en la pizzería
de Pedro para tu cena de
cumpleaños —le dijo Mamá.

De camino a la cena, Maya no podía dejar de pensar en el lugar vacío que había en su repisa.

Maya vio que alguien estaba sentado con el papá en la mesa. —¡Abuelita! —gritó.

Después de abrazarla, Abuelita abrió su bolsa.
—¡Feliz cumpleaños! —le dijo, dándole a Maya su octava muñeca.

Actividades después de la lectura

El cuento y tú...

¿Por qué crees que Maya sabía que su abuelita le iba a regalar una muñeca por su cumpleaños?

¿Cómo crees que Maya se sintió cuando no vio un regalo de su abuelita?

¿Cuál es tu regalo de cumpleaños preferido?

Palabras que aprendiste...

Algunas de las siguientes palabras terminan en ó o en s. En una hoja de papel, escribe una oración para cada palabra que termine en ó o en s.

abrió	octava
alguien	pensó
entusiasmada	repisa
muñecas	ropas

Podrías... planificar tu próxima fiesta de cumpleaños.

• Utiliza un calendario para averiguar cuántos días faltan para tu próximo cumpleaños.

• Haz las invitaciones para tu cumpleaños. Asegúrate de que las invitaciones digan:
   -Para qué es la fiesta
   -La fecha y la hora de la fiesta
   -Dónde tendrá lugar la fiesta

• Planifica qué vas a hacer en la fiesta.

• Haz una lista de todo lo que necesitas para la fiesta.

Acerca de la autora

A Jo Cleland le gusta escribir libros, componer canciones y hacer juegos. Ella es una abuelita que le encanta hacer regalos de cumpleaños.

Acerca de la ilustradora

Aclamada por su versatilidad de estilo, el trabajo de Anita DuFalla ha aparecido en muchos libros educativos, artículos de prensa y anuncios comerciales, así como en numerosos carteles, portadas de libros y revistas e incluso en envolturas de regalo. La pasión de Anita por los diseños es evidente tanto en sus ilustraciones como en su colección de 400 medias estampadas. Anita vive con su hijo Lucas en el barrio de Friendship, en Pittsburgh, Pennsylvania.